책상 위의 환상

책상 위의 환상

© 2022 정선영

초판인쇄 | 2022년 10월 25일
초판발행 | 2022년 10월 31일

지 은 이 | 정선영
펴 낸 이 | 배재경
펴 낸 곳 | 도서출판 작가마을
등   록 | 제 2002-000012호
주   소 | 부산광역시 중구 대청로 141번길 15-1 대륙빌딩 301호
            T. 051)248-4145, 2598   F. 051)248-0723   E. seepoet@hanmail.net

ISBN 979-11-5606-203-5   03810   정가 10,000원

작가마을 시인선 55

책상 위의 환상

정선영 시집

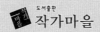

도서출판 작가마을

시 쓰기는
채우고 비우기의
끊임없는 반복이다.

생각하고 상상하고
머릿속에 들어찬
그것을
비워내는 일이다.

채우지 않으면
흐르지 못하고
비우지 않으면
폭발하고 말 것이다.

2022년 가을 정선영

정선영 시집

작가마을 시인선 55

• **차례**

제2부

차례

제3부

제4부

책상 위의 환상 정선영 시집 · 작가마을 시인선 55

제1부

고장 난 장난감

오래 입어 지루해진 옷이거나
시든 꽃잎 떨구는 한때이거나
정수리 숭숭 비어버린
후회의 시간이거나
돌아보지 않겠다는 다짐이거나
이유 없이 잠 못 이루고
뒤척이던 밤이거나
터진 가슴으로 새어드는
슬픔이거나
설렘도 원망도 아닌 것이
갈피 잡지 못하고
앞으로 옆으로 빙빙 도는 망아지 인형
손톱 끝 가시는 더 깊이 파고들어
상처의 집을 짓는데
시간의 태엽을 감아 길 위에 놓으면
비집고 나오는 기억들

뜬금없이 비가 내렸다

나는

  – 내가 나임을 내가 알기 위한 텍스트

나는 가끔 마음이 흔들릴 때가 있다
나는 먼 곳을 꿈꾸지만 늘 그렇지는 않다
나는 바람 불면 어딘가로 떠나고 싶을 때가 있다
나는 여행을 좋아하지만 귀찮은 생각도 든다

나는 사람을 좋아하지만 사람이 두려울 때도 있다
나는 타인과 잘 지내고 싶지만 혼자이고 싶을 때가 많다
나는 다시 태어나고 싶지 않지만 다른 생으로 태어나고
싶을 때도 있다

나는 영원히 깨지 않을 잠을 자고 싶을 때가 있다
나는 피곤한 것을 견디지 못하지만 가끔은 잘 견딘다
나는 먹는 것을 좋아하지만 배부른 것은 싫다
나는 무엇이든 잘하고 싶지만 그러지 못한 나도 괜찮다
나는 일을 하고 싶지만 빈둥거리고 싶을 때도 있다
나는 생각 속에서는 모든 것을 귀찮아하지만 실전에서는
부지런하다
나는 이성적이었으면 하지만 어설픈 지금이 좋을 때도 있
다

나는 책을 읽지만 다 이해하는 것은 아니다
나는 책 읽는 것을 좋아하지만 싫을 때도 있다

나는 많이 알고 싶지만 아무것도 모르고 싶을 때도 있다

나는 죽고 싶지만 죽는 것이 두려울 때도 있다
나는 부끄러움이 많은데 나를 드러내기도 한다
나는 좋은 추억이 많지만 그렇지 않은 것도 많다
나는 여자이면서 남자이고 소녀이면서 소년이기도 하다
나는 아직 나를 잘 모르는데 가끔 알 것 같기도 하다

* 조르주 페렉의 '이상 도시를 상상하는 데 있어 존재하는 난관에 대하여'에서
  모티브를 얻음.

그럴 때

아무도
나를 찾지 않을 때
내가
아무도 찾지 않을 때

내가
어디에도 갈 곳이 없을 때
내가
아무 데도 가지 않을 때

내가 아는 사람이 없을 때
내가 더 이상 아는 사람을 찾지 않을 때

내가 젊을 때
내가 늙지 않았을 때
내가 아직 죽지 않았을 때
내가 더 이상 살아 있지 않을 때

내가 사랑하지 않을 때
내가 더 이상 숨 쉬지 않을 때.

나의 시는 홀로그램이다

세계를 꿈꾸었다
보이지 않아도
보이는 것같이
들리지 않아도
듣는 것같이
네가 없어도
있는 것같이
이별을 꿈꾸었고
사랑을 꿈꾸었다
눈에 보이는 것으로만 살기에는
서러운 시절이라고
가보지 않아도
가본 듯
들리지 않아도
들리는 듯
잡을 수 없는 행복을 쓴다
실체는 단순하고
몇 겹 너머
눈과 귀
이미지를 상상한다
홀로그램이다.

사소한 것이

방바닥에 엎드려 책을 읽고 있는데
글자 옆으로 끼어드는 실도 철사도 아닌
머리도 꼬리도 없는 것이 꿈틀거린다
돋보기안경으로 기어드는 검은 뱀, 뱀, 뱀

한 마리 두 마리
읽고 있던 글자들 쏟아진다 흩어진다
이리저리 굴러간다 숨어버린다
자음 모음이 깨지고 부서진다 다시 조립하기엔 늦었다
눈꺼풀에 매달린 뱀 우르르 새끼를 쏟아낸다
구석구석 몰려다니는 검은 뱀들

눈이 없으면 보이지 않았을
머리카락이 바닥을 기면서 꾸물거리고
모서리마다 모여 음모를 꿈꾼다
소파 밑 검은 동굴, 의자 바퀴에 깔린, 어깨에 붙어 나풀
거리는
허벅지를 감는, 목덜미를 쓰다듬는, 가슴으로 기어드는
날름거리는 것들, 집어내고, 털고

내 몸에서 흘러내린, 유효기간이 끝난
내가 뿌린 죄들이 은밀하게 잠복하고 있다

나풀나풀 날고 달리고 구르고 머리 쳐들고
생각을 멈추게 한다.

건망증

1
방금 전 새가 날아갔다
까만 눈동자와 깃털만 남기고
그 눈빛, 그 소리가 사라졌다

나날의 슬픔은 닳지도 않고 생생한데
새기지 못한 기억들이 막막하다
엉킨 이야기들의 꼬투리가 보이지 않는다

막막하게 스쳐 가는 당신을 부를 수 없다
멈춘 자리에서 두리번거린다
자고 나면 새가 돌아올까 눈을 감는다

휘청거리며 기울어지는
문장들 속의 당신

새가 날아갔다

2
기억에 블랙홀이 생겼다 방금 있었던 그것은 어디로 갔는
지

흔적은 있는데 알 수 없는 모호가 마스크를 끼고 스쳐 갔다
거북이었던가 토끼였던가 고양이었던가 강아지였던가
설핏 그림자가 비친 것 같기도 한데 형체만 흐릿하다
꿈을 꾸어도 만져졌던 날들, 상상으로도 손에 잡히던 사
물들
기억 창고가 비어버렸다
하늘, 구름, 바람, 일렁이는 파도
부딪치는 물결들 빛 속에 거미줄이 쳐졌다
안간힘 쥔 팔을 흔들어 휘적인다
뒤섞인 길 헤매다 반딧불을 잡아챈다
환하게 밝혀줘 어둠의 동굴 뒤적여 나를 찾아줘
사라진 길, 머릿속 검은 구멍
먼지처럼 빨려들어 간 나를 찾아 팔을 뻗어 휘젓는다.

먼 산

겨울 산 바라보며
정상을 보고 걸어라
앞만 보고 걷지 말고 발밑 조심해라

살얼음 살피며 걷는 길
조심조심 불의도 비껴가고
힘든 이웃에 손 감추고
내 몸 하나 살피기만 했습니다

된 사람이 제일이다
새기면서도
취중 자랑 안주 삼고
다른 사람들 말에 손사래 쳤습니다

아득한 숲에 들어 길 잃고
가시와 독초에 숨 막히고
지름길이 낭떠러지 되고
꽃 무성한 길 헛디뎌
목까지 차오르는 늪에 빠지기도 했습니다

당신의 말씀 실핏줄로 흘러도
산山은 여전히 멀고 길은 막막해

어린 딸의 손을 잡고 이르던
당신의 먼 산 앞에 서 봅니다.

반성 2019

당신은 말씀하셨죠
세상은 너의 거울이니
늘 반성하거라

오늘 반성합니다
태어난 것
여태 살아온 것
살아갈 것
어느 날 죽을 것을

세상 여기저기 기웃거리며 밑바닥 들춰본 것
삶의 무게 앞에 생각 멈춘 것
사람들이 왜 우는지 이해하려 하지 않은 것
울컥 화를 참지 못하고 술잔에 코 박은 것
죽어라 일해도 먹고살기 힘들어 버둥거린 것과
막막한 절망 앞에 무릎 꿇은 것
사랑을 두고 뒤돌아선 것
다시 돌아보지 않겠다 하고 몰래 돌아본 것
깊고 푸른 강물이 내 쉴 곳이라 여긴 것을

살아도 죽은 것 같이 죽어도 산 것 같이
아름다움에도 슬픔에도 무감각한 것

맛있는 음식을 절제하지 못한 것
싫은 일 모른 척하지 못한 것
하고 싶은 일 하지 않은 것과 하지 말라는 일 한 것
시시비비 귀찮아 눈 감은 것
다툼이 싫어 어느 편에도 서지 않고 도망친 것

거울 앞에서 반성하지 않은 것을
오늘 반성하고도 잊어버릴 것을 반성합니다
반성하면서도 반성하지 않는 것을.

느닷없이

띵동~
전화기를 울리는 메시지
아, 또 쓸데없는 알림
무심히 폰을 연다

'○○○선생님 별세
○○○병원 영안실 00일 발인'

쿵!
망치로 뒤통수 맞은 듯
목젖을 밀고 튀어나온 짧은 비명

며칠 전만 해도
손 맞잡고 따뜻하게 웃음 지으며
자주 보자고
술잔을 건네던 그

목젖이 부풀어 말이 막힌다
그를 아는 지인에게 전화를 걸어
이게 무슨 말이냐고 물으니
"말 그대로야, 한글 몰라?"

수화기를 귀에 댄 채
머릿속이 깜깜하다

한글을 정말 모르겠다.

고단한 슬픔

반갑게 받은 전화가 부고일 때
목소리가 잠기고
말은 길을 찾지 못한다
남의 일
내 집 밖의 일인 줄 알았다

산다는 것은
하나둘 인연들을 떠나보내는 일
가슴에 돌무더기 쌓는 일
늘 걷던 길에 서서 멍해질 때
삶과 죽음을 가르는 시선
물이 물을 마시고
불이 불을 사르고
아파 보면 아픈 마음을 알고
괴로워 보면 괴로운 마음을 안다
숨 한 번 멈추면 끝나는 목숨
슬픔은 슬픔으로 위로한다

온몸에 힘이 빠지면
맨땅에 무릎을 꿇는다.

배꼽이 켜졌다

깊고 넓은 그 속으로 들어간다
캄캄한 어둠이 둥둥 떠다니는 우주
흰 크레파스로 별을 그린다
둥그런 달 속에 가득 별을 담는다

엄마는 웃고 있다
연분홍 저고리 옷고름이 풀린다

배꼽에 불이 켜진다
어둠이 입을 벌린다
달의 양수가 쏟아진다

둥그런 항아리 속에서
뱀 한 마리 기어 나온다
눈이 빨간 초록 독사
항아리를 친친 감고 목을 빳빳이 들고 있다

별 하나 태어난다

어머니

굵은 빗방울
혹여 다칠라
체로 걸러

는개로
나를 적시는
당신.

책상 위의 환상

　토끼가 굴러간다 노란 귀를 세우고 분홍빛 다리로 앞으로 간다 눈을 질끈 감은 문어가 보라색 물감을 터뜨린다 빨판에 기생하는 입자들이 성을 쌓는다 뱃속에 나무가 자란 곰은 몸이 무거워 바닥에 주저앉아 있다 청개구리 한 마리 팔짝 뛴다 배꼽으로 먹은 밥이 엉덩이에 쌓이고 있다

　낮은 밤 밤은 낮
　충혈된 불빛 가시나무가 벽을 타고 기어오르고
　날 선 종이가 팔랑개비로 돌아가며 동공을 찌른다
　더 깊숙이 찔러라 더 깊숙이

　토끼가 간을 빼 먹고 있다. 간은 새카맣다. 분홍 피가 흐르는 여덟 개의 문어 다리가 질겅질겅 씹힌다. 이빨 사이에 낀 입자들이 곪고 있다. 곰의 배 속에서 잘려 나온 나무들이 걸어와 온몸을 휘감는다. 목을 조인다. 팔짝팔짝 청개구리 노래한다. 고무줄 사이 다리를 꼬면서 뛰어오른다. 머리가 터지겠네.

별이 사라지다

안개 자욱한 밤
유령처럼 떠돌던 별

회색 실루엣 속
별은 길을 잃고
그런 습한 밤이면
나는 잠들지 못해
별을 찾아 개울로 갔다

흐르는 물속에 두 손 넣고
모래알만 하릴없이
긁어모았다

별은 어디로 갔을까

별에 취하다

별이 흔들리는 밤
나는 오래 걸었다

가까이 갈 수 없는
차가운 거리
그어 놓은 선도 없는데
내가 서 있는 곳과
네가 빛나고 있는 그곳
그저 바라볼 수밖에

낯선 길에 누웠다
누우면 너를 바라볼 수 있으므로
손을 들어 손짓한다
조금 더 가까이 오라고

아, 꿈이지
꿈은 멀어 아름답고
잡히지 않는 그리움이지.

눈 오는 밤

 바위가 깨지는 소리, 번쩍 투명 검이 서슬 푸른 빛을 뿜는다. 느닷없이 날 선 눈빛을 휘둘러 전생의 허리춤을 동강낸다. 비린내를 풍긴다. 풍성한 비늘을 털어내는 회색 하늘

 아프다는 말 대신 안으로 삼켰던 흰 뼈들이 바스러진다. 검은 도마 위에서 펄떡이던 바람이 그 뼈를 밟고 쏜살같이 달려간다.

 눈을 좋아했던 그 여자, 눈의 뒷모습이 처절하다고 했다. 구름의 산산조각 난 뼈, 그때, 구름의 실체를 본다. 찰랑이는 구름 속을 걷는다.

 무리 지어 날아가다 말꼬리를 놓친 기러기 몇 마리 겨울한 철이 외롭겠다

 불필요한 싸움을 경력으로 둔갑시키는 계절이었다.

마에스트로

조명 꺼진 공연장에서
홀로 세상을 향해 포효하는 밤

밤마다 두 눈을 부릅뜨고
광염 소나타를 연주하는 그대

집채만 한 파도가 달려와 벽을 두드린다
천장을 쿵쿵 친다
바위가 구른다
꽉 감긴 눈꺼풀을 들어 올린다

폭풍이 쉬는 잠시
더 큰 파도가 몰려올 불편한 예고에
귀는 열려 있고
어둠을 응시하는 눈동자

여명이 드는 새벽녘에서야 지친 듯
늘어지는 허밍

그대 어느 세상을 여행하는지 모를
미소를 지으며
돌아눕는다.

책상 위의 환상 정선영 시집 · 작가마을 시인선 55

제2부

별을 먹다

새벽 세 시
누군가 마당 가득
차양을 쳐 놓았다
나는 손을 뻗었다
주렁주렁 매달린 별을 딴다
뱃속에 거지 벌레
몇 마리가
별의 가시를 발라내고
허겁지겁 먹는다
심장에
푸른 피가 흐른다
자궁을 휘돌아 흐르는
초록의 피
슬픔의 아이를 수태 중이다.

생生은 비리다

일상은 닦고 닦아도 남루했다
웃음의 가면을 쓴 채
빗물에 휘저어 마신 눈물
혈관 속 붉은 꽃을 피웠다

대리석에도 꽃이 피고
차가운 가슴에도 열꽃이 핀다
사랑한 당신이 나를 잊을 때
나는 푸른 이끼 꽃을 피웠다

잊혀진다는 것을 두려워하지 말자
모든 것은 강물처럼 흘러
먼 기억의 바다 깊이 가라앉아
오랜 침묵과 고독이 되리라

오랜 세월 흐른 뒤 추억들은
어떤 아름다운 사람들의 DNA가 되어
마주 보는 눈동자 속에
별빛으로 떠오를 것이다.

산책

바람이 불어
봄밤을 걷는다
별들이 마실 나와 재잘거리고
잠들지 않은 새들이 말참견한다
달은 내 뒤를 따라 걷고
냇물은 앞서가고 풀잎들 수군댄다
따라오는 그들을
따돌리려 멈추지만
저들은 시침 뚝 떼고
그 자리에서 끼리끼리 놀고 있다
아닌가 보다 하고
바람의 냄새 따라가면
우르르 몰려나와
뒤따르는 소리들
어둠을 정렬하고 열려 있는
샛길을 따라 걸으면
밤의 사막이 무한히 펼쳐지고
멀리 신기루 같은 불빛 손짓하는
시골길 밤 산책.

산골의 아침

잠결에 투두둑!
별 떨어지는 소릴 들었다
투두둑!
꽃밭으로 뛰어내려
꽃들의 귓가에 소곤소곤 비밀 이야기
무슨 이야기일까
그들만의 하늘 이야기
이른 아침 꽃잎에 맺혀
반짝이는 물방울들
별이 다녀갔다
이슬은 별들의 발자국
아침이면 새들이 왜 그렇게 종알대는지
밤새 꽃과 별이 나눈 이야기
꽃은 새들에게 들려주고
새는 수다 떨며 꽃들에게 묻고
산골의 아침이
소란스러운 까닭이다.

내년 시인

장을 보고 오는 골목
한 잔 술에 취한 사내가
길을 내주며 하는 말
"내년에 나도 시인이 될 건데 시인이 오시네."라며
담벼락에 붙어 서며 길을 내준다

너도나도 시인이 되는 세상
어영부영 그림자 뒤쫓다
목숨 걸고 살아보지도 못한 시인

내년에 시인이 될 거라는 시인이
골목을 어깨에 짊어지고
어둠을 흔들며 별빛 속으로 걸어가고

징검다리 건너뛰듯
생을 등에 업고 있는 나는
내년 시인이 남긴 말의 꼬리를 잡고
골목을 끌고 온다.

시를 잃어버린 날

당신이 내게 묻는다
여보, 당신 시인 맞지?
......
당신 시인 맞지?
......
당신은 또 묻는다
당신 시인 맞지?
......
당신 시인 맞지?
......
당신 시인 맞지?
응.
네 번까지 답을 하지 못하다가
다섯 번째 겨우 대답한다

미장원에서
당신 시인 맞지? 라고 묻던
당신이 생각난다
슬픔이 치밀어 올라
창밖 화단에 핀
달맞이꽃만 본다.

시인이여

시인이여, 어두워져라
빛나는 별이 되어
어둠 속에 잠겨라

시인이여, 외로워져라
두 눈에 산란하는 불빛들을 지워라
무지개가 사라진
산골짜기 속으로 걸어 들어가라

손잡아 줄 사람 없는 막막한
어둠의 벌판
바람도 소리도 없는 깜깜한 사막에서
두려움과 외로움이
당신의 바다에 헤엄치게 하라

시인이여, 그리하여 가장 깊고 광활한
우주에서 눈을 떠라
세상에 처음인 듯 뜨거운 울음을 우렁차게 토해내고
당신의 뜨거운 심장을 내놓아라!

비, 풍경

비 내린다

늙은 고양이 한 마리
아침, 저녁 앞마당 시찰하다
눈 마주치면

네가 뭔데
어이없다
한참 바라본다

너는 너대로 살고
나는 나대로 산다

어슬렁거리며
앞마당 한 바퀴 돌고
장작더미에 올라 모로 누워 졸고 있다

고양이 주무신다.

행복한 하루

재래시장 안 분식집
순대, 떡볶이, 어묵을 가운데 두고
젊은 아버지와 다섯 살 딸아이가 마주 앉는다

막 받아든 분식을 본 아이는 두 눈을 반짝이며
탄성을 울린다
"와 우리 재벌 같다"
"많이 먹어"
젊은 아버지가 어린 딸에게 미소 지으며 속삭이고

아이의 환한 웃음과 빛나는 눈빛이
세상에서 가장 행복한 날이라고 말하고 있다

어린 날
처음 맛본 냉면 한 그릇
맛있게 먹는 나를
말없이 바라보시던 아버지

세상의 모든 아버지들이
열심히 일하는 이유를 알 것 같은 날.

어쩌다가

앞만 보고 걷다가 경계석에 부딪친다
생각에 잠겨있는 사이 누군가
어깨를 친다

어쩌다가 못 본 것
못 알아본 얼굴
생각하고 싶지 않아서도
보고 싶지 않아서도 아닌데
발밑도 놓치고
사람도 놓친다

사람들 사이 함께 걷다가
잡은 손 놓치는 날
허둥대듯 둘러보면
저만치 머리꼭지만 둥둥 떠간다

휩쓸려 가버린
네 손의 온기가 남아 있는
어쩌다가
빈손.

브이넥 스웨터

낡은 밤색 스웨터

팔이 오르내리는 사이로 보이던
보풀을 떼어내다가
문득 당신 옆구리에 이는 스산한 바람을 본다

어느 날 찬바람 불어
어깨를 시리게 했을
가슴을 파고드는 생의 서늘함에
겨드랑이 사이
두 손 밀어 넣기도 했을

중성세제에 스웨터를 담근다
소매에 엉겨 붙어 남몰래 피어난
멍울들 물빛이 퍼렇다

물 밖으로 둥둥 떠가는
당신의 시간들
당신의 고단함을 말갛게 헹군다.

문 닫는 여자

이른 봄 순한 얼굴로 언 땅을 뚫고 산과 들에서 자란 채소
들
나도 모르게 가슴이 뛰고 설레 고향을 묻기도 해요
전국 들판에서 봇짐 싸여온 푸른 채소들의 빛나는 시간
봉지가 부풀도록 초록 들판 한 떼기 담아줘요

저마다의 사연을 물고 여기까지 온 푸른 잎들이 잠들어가
는 시간
그 내력은 묻지 않기로 해요
하루 네 시간 채소들과의 만남이 끝나가네요
덮을 건 덮고 박스에 담을 건 담고 냉장고 속에 넣을 것
바구니에 둔 채 쌓아 바람 잘 통하는 곳에 둘 것들을 나누
어서 정리해요

나는 마감을 위해 출근을 해요
문이라기엔 어설픈 덮개
손대지 말라는 형식을 위에 올려놓아요
매일 오후 다섯 시 삼십 분 다시 만날 수도 떨이로 팔려
갈지도 모르는
채소들의 이야기를 혼자 상상해요

오늘도 채소들을 재우고 퇴근해요

채소들도 긴장이 풀렸나 봐요
시장통을 휘돌아 나가는 바람의 저녁 인사
문이랄 것도 없는 형식을 덮어주고 돌아서는 내 등 뒤로
채소들의 가쁜 숨소리가 따라오네요.

그늘의 집

코스모스 졸업식 날
언니는 너희 집에 초록이 없다고
화분을 한 아름 안겨주며
잘 키워보란다

다닥다닥 붙은 집들 사이 낮은 집
햇볕이 들어설 틈이 없다
색이 자라지 않는 거실
그늘은 초록을 검게 칠하고
싱싱하게 살아있던 것들에게 시든 옷을 입혔다

그래도
당신과 나
빛나는 그늘을 품고
엘이디 등보다 밝게 꿈을 꾸었다
사랑하고 있으므로 살아 있으므로
짙은 어둠 속에서
초록을 품었다

당신과 나
초록을 피우는 화분은 없어도
언제나 푸른 마음으로 싱싱했고

저녁마다 마주 앉아
세상 모든 색을 품은 둘만의 정원에서
이야기꽃을 피웠다.

사소한 분노

내가 분노하는 것은
길을 막고 떠드는 것
내가 분노하는 것은
건널목 신호를 지키지 않는 것
내가 분노하는 것은
검은 비닐봉지가 바람에 날아가다가 멈추는 것
내가 분노하는 것은
먹을 것으로 장난치는 것
내가 분노하는 것은
한밤중 천둥처럼 울리는 오토바이 굉음

내가 분노하는 것은
잘못 들어선 길인 줄 알면서도 되돌아서지 않는 것
내가 분노하는 것은
끊임없이 도돌이로 제자리로 되돌아오는 것
내가 분노하는 것은
노예가 된 줄도 모르고 편해서 안주하는 것
내가 분노하는 것은
깨지 않는 자신의 정수리를 망치로 내려치지 않는 것

내가 분노하는 것은
그 모든 것을 이해하는 것

더 이상 불붙을 불씨도 남아 있지 않은 심장
내가 분노하는 것은
이제 끝이라고 사랑을 짓밟는 것
내가 분노하는 것은
더 이상 쏟아질 폭풍, 천둥, 번개도 없이 말간 하늘.

잊은 채

당신이 바람이던 날
나는 구름이었고
당신이 나무이던 날
나는 풀이었다

당신과 나
만날 수 없는 거리에서
비가 내리고 해가 뜨고
바람이 불어오고 갔다

비 개인 말간 하늘
꽃인 듯 환영인 듯
무지개가 떠오르고

가끔 우리는
서로를 잊은 채로
잠이 들고 아침을 맞았다
무지개인 듯
꽃인 듯.

꽃 진 후

푸른 옷을 갈아입고
침묵 속에 잠겼다

아무도
꽃잎을 버린 나무에게
말을 걸지 않았다

명징한
계절 뒤에 남은
기도의 시간

오고 가는 비바람
기울어지며 비껴가는
낮과 밤이
새기는 기억들

기다림에 잠겼던
뻐근한 가슴 열어
열매 하나
맺었다.

책상 위의 환상 정선영 시집 · 작가마을 시인선 55

제3부

잿빛 눈

이월 하늘
생을 태운
눈이 내린다

어디쯤에서
차가운 눈물이
잘게 부서지고 있었던가

얇게 저미며 떨어지는
채 쌓이지 못한 시간
눈물로 흐르지 못한

일기 속 꼭꼭 숨겨둔
먼 기억들이 바닥에 쌓인다

오래된 가슴을 긁으면
바스러지는 회색 기억들이
질척이며 쌓인다.

김밥

눈부신 햇살 밥 지어
산수유꽃, 살구꽃, 복숭아꽃 솔솔 뿌려
밤하늘 한 자락 위에 편다

달 몇 알 톡톡 터뜨려 지단 부치고
달콤한 봄바람 두어 줄
뭉게뭉게 흰 구름 한 움큼 나란히

밤의 끝 살짝 들어 올려
돌돌 말아 꼭꼭 여민다
세상에서 가장 큰 김밥을 말아
지금
당신을 만나러 간다.

쉼

바람이 불기를 멈추고
구름은 흐르기를 멈추고
바퀴는 구르기를 멈추고
기계도 움직임을 멈추고
채소는 자라기를 멈추고
과일은 맺기를 멈추고
나비도 날개를 접고
새들은 날기를 멈추고
꽃들이 필까 말까
우리들도 걸음을 멈추고
은밀한 힘으로
지구를 정지시키는 힘.

머리 싸맨 신

내가 태어나고 싶어 태어났나요
당신이 나를 세상에 나게 하셨으니 책임지세요

"내가 네게 주지 않은 것이 무엇이더냐?"

밝고 아름다운 세상 보라고 두 눈을 주었고
고운 향기 맡으라고 코를 주었고
맛을 구별하라고 나비 같은 혀를 주었고
고운 말 바른말 쓰라고 입술을 주었고

산과 들 바다에 먹거리 풍부하게 만들어 놓았고
먹고 체하지 말라고 꼭꼭 씹을 이를 주었고

아름다운 노래 좋은 소리 들으라고 두 귀를 주었고
도구를 만들 튼튼한 손과 두 다리를 주었고
너의 세계에 모든 재료와 먹을 것 입을 것 다 주었다

네 어릴 때 넘어질까 네 부모를 주었다
네가 외로울까 친구를 주었고 여인을 주었고 아이를 주었
고
내 너를 위해 모든 것을 다 주었는데 무엇이 불만이냐

그래도 힘들어요
당신이 무조건 책임지세요.

요양병원 2

인적 없고 흐릿한 불빛
까마귀도 나뭇잎 속으로 깃든 시간

낡은 육 층 건물
흰 페인트
너덜너덜

1층 호프집, 포차 늦은 밤까지
깔깔깔, 허허허
남자들은 허풍
여자들은 깔깔깔

화살나무에 맺힌 붉은 피
뚝뚝 떨어지는
요양원 시간은 격리되었다.

빈방

빈방 하나 들여놓고 싶다
하나둘 잡다한 것들 버리고
푸른 새벽빛
연보랏빛 노을 들이고 싶다

작은 창으로 드는 빛은 밝지 않았으면 좋겠다
여명이 조금씩 드는 것을 바라보며
무릎담요 덮고 앉아
향기로운 커피를 마시고 싶다

저녁이 내리면
알록달록 노을이 검은 바다로 변해 가는 하늘
뜨거운 찻물 속 산국화
꽃잎 펴며 피워 올리는 향기

빈자리가 많을수록 평화로운 날
안팎 경계가 허물어지고
내가 나를
오롯이 만나는 빈방.

기도

집을 나서면 양쪽으로 들꽃이 가득 피어 있는 길
살랑살랑 바람결에 음표처럼 타고 흐르는 새소리가 가득
한 아침을

처마에 제비가 날아와 집을 짓고
몇 마리의 새끼들이 먹이를 물고 오는 어미를 지지배배
맞는 소란

잘 삭은 총각김치와 풋고추를 된장에 푹 찍어
물에 만 보리밥 한 술, 먹을 수 있는 반들반들한 마루

보슬보슬 비 내리는 날 호박전에 막걸리 한 잔
흥에 겨워 빗방울의 곡조에 맞춰 노래할 수 있는 시간

텃밭 푸성귀들 파릇파릇 기지개 켜는 소리
청개구리 신이나 폴짝 뛰어오르는 살아 있는 그림

그런 풍경을 당첨되게 해 주세요.

발을 씻으며

살구색 발바닥이
각질로 덮이고 굳은살 박여
가뭄 든 논바닥이네
너무 많이 걸었나보다

바람에 등 떠밀리듯 걸었고
바람이 앞서 불면
맞서기도 했다
옆구리를 치고 드는 바람이
허를 찌르기도 했다

어제 불던 바람 잦아들고
따뜻한 봄바람이 위안이다
바람은 머물지 않는다는 것을
늦게 알았다.

바다로 간 새

칠흑 같은 하늘
목이 아리도록 올려보다
문득 별똥별 하나 눈물처럼
뚝!
떨어진다

어둠으로 더욱 빛나는
저 멀고 먼
그리움의 응어리
어디로 가는지도 모르는

잊어도 잊지 않아도 좋다
사람아

물 떠나간 모래 위로
새는 걸어간다
발자국 돌아보지 않고

지우며 달려오는 바다
무정하다 무한정이다
눈물 한 점 남기지 않고.

가볍고 싶다

너무 가벼워 무게 없이
얄팍하고 싶다
너무 얇아 밟아도
발바닥이 느낄 수 없도록
가볍게 얇게
소리 없이
느낌 없이
누군가의 어깨 위에
살짝 내려앉았다가
일어서는 먼지이거나 보풀
어디로든
날아갈 수 있는 자유.

돌종

오래전 울림이 있었다
쏟아져 내린 빛이
정수리에 내리꽂히던 날
그 울림 해독하지 못해
캄캄한 동굴 속에서
신열을 앓았다
그 소리 그 울림 듣지 못한 죄로
나를 돌 속에 가둔다
돌 속으로 들어간다.

그대, 처음 그리고

골목 모퉁이에 돌아앉은 낯선 서점
약속 시간을 때우듯 책 표지들을 훑어보다가
막 인쇄기에서 빠져나온
비릿한 냄새에 끌려 한 권의 책을 집어 든다

목차도 없는 이상한 책
이해할 수 없는 문장들이 비늘처럼 튀고 있다
알 듯 말 듯 모호한 세상이다
그럼에도 마지막 페이지까지 읽는다
마지막 문장은 '계속'이다

오늘도 열심히 살았다
집안은 평온했고 모든 것이 정돈되어 있다
책상 위에 놓인 빛나던 책
표지 위로 시간이 켜로 쌓여 바래고 있다

빛나던 책 속의 문장들이 하나둘 사라진다.

피자두

입안 가득
시큼한 피의 맛은
온몸을 돌고 돌아 정수리에 꽃을 피운다
흰 나비 한 마리 날아와
앉을까 말까
날아가고
꽃은
공기 속으로 투명하게 사라진다.

사이

연둣빛
피어오른다
이 세계와 나무의 세계 사이로
겨울 강이 흐른다

흐릿한 세계
물결친다
느릿느릿 시간을 밀어 올리는 순한 눈
안개에 젖는다

저 깊은 나무의 세계
흐릿한 나의 세계
발끝으로 연결되고 있다
말랑말랑한

겨울은 사라지지 않았다
봄은 위태롭고
여름을 믿을 수 없다
금 간 겨울의 가슴 사이로.

길잡이

이미지로 봉인된 사람
시간의 바닷속을 떠돌다가
어둠의 물결에 잠겼다

바람을 조금씩 삼키면
풍선처럼 부풀어 오르는 기억들
터질 듯 위태로운데

바위에 부딪혀 돌아오는
파도는 허물어지고
끝내 뭍을 오르지 못하는데

손을 꼭 잡아
놓으면 어둠에 익사할 수 있어
어둠을 삼켜야 빛을 볼 수 있다는
당신의 말이
나를 끌어당긴다.

연기가 고여 있다

구름은 연기 위에 멈춘 채 연기를 연기하고
맨홀에서 기어오르는 썩은 냄새
구멍 속 냄새에 사람들은 달아나고
새들은 나뭇잎 속으로 숨는다

바람 없이 우리가 사랑할 수 있을까
흔들리는 것이 인생이라고
흔들어 줄 바람을 기다렸다

당신과 마주 앉은 식탁에서
칠월의 기온이 기어오르다 투덜거린다
바람의 행방을 추적한다

골목에 갇힌 바람은
벽에 이마를 찧고
반지하 날염공장 창을 두드린다
아직도 썩지 않고 싱싱하냐고

우린 해동解凍 중이라고 말하려다가
점점 물컹해지는 서로를 바라보며
바람과 함께 사라진 냄새의 행방을 묻는다.

책상 위의 환상　　정선영 시집 · 작가마을 시인선 55

제4부

연극

밤이 올 때마다 진짜 같은 가짜를 무대에 올렸다
눈짓 하나 갸웃거리는 버릇까지 연습시켜
햇살에 드러나는 것은 화장으로 감추고 숨소리는 고요하게
그림자를 끌고 발걸음의 흔적 남기지 말고 네가 걸어온
길 위 발자국들을 지워가며
아무도 너를 기억하지 않기를, 기억되지 않기를 어둠의
뒤편으로 돌아가
바람에 흩어지는 구름, 그믐밤, 사라진 달의 뒤로 사라지기
어디에도 마음 두지 말기, 뒤돌아보지 말기, 그냥 사라지
기 먼지로 흩어지기
나는 내가 아니다 남는 것은 나의 환영幻影일 뿐.

불의 문장

갈퀴였다
막막한 공기 속에서 타오르는
작은 별들 하나둘 터진다
마음 시퍼렇게 열린다
어디였던가
멍든 사과 몇 구르던 언덕, 비밀
흰 눈 펄펄 꽃잎 내리듯 내리고
빨간 사과 한 알 건네던
아득한 옛이야기
가슴에 비 내리고
검은 불꽃
검은 심장으로 흰 손이 칼날처럼 꽂힌다
벌레 먹은 사과 빨갛게 익는다
잊혀져 아득한
후~
막막한 날들
재가 되어 날아가네.

서로를 읽는 시간

깊고도 뜨거운
계곡을 지나 강이 되는
바다로 흘러
물과 물이 섞여 하나가 되는
한 장씩 넘길 때마다
한 생이 되는 책

하루하루 넘기다 보면
잔물결
파도
폭풍우 아래 잠긴
또 다른 생

당신과 나의 책은
얇고도 두껍고
얕고도 깊다

나는 당신을
당신은 나를
읽는다.

창밖에 누군가 있다

누가 저리 조용히 앉아 졸고 있는가

얼큰하게 취한 얼굴
주름진 이마에 굳은 살이 박혔다
발바닥이 갈라진 아스팔트 같다

소주 한 병 들고 재래시장 돌며
빈 종이박스 주워 담는 낡은 리어카

동네 공원 한 귀퉁이 나무 아래 앉아
떡볶이, 순대 비닐봉지째 늘어놓고
종이컵 속으로 채우는 쓸쓸함

얼마나 많은 무게에 짓눌려 왔던 걸까
마른 땅보다 젖은 땅 위의 생

별도 허기져 떠도는 밤
구겨진 몸을 펴면
온몸의 피가 다시 흐른다

주름마다 낀 생의 먼지
창밖 가지런히 놓인 낡은 신발 한 켤레
비를 맞고 있다.

꿈을 꾸다

당신을 한 번도 잊은 적 없는데
내 생각과 내 삶과
그리움의 조각이 뒤엉켜 나타났다 사라진다
알 수 없는 이야기들이
앞뒤 없이 쏟아져 회오리치고
어둠과 빛, 구석과 골목이 휘어지고 구겨진다
둥그런 공 하나가 튀고 구르다가 어디론가 굴러간다
아침은 몽롱하게 떠오르고
눈꺼풀 사이로 흐릿하게 사라지는 그림자와 소리
깜빡이는 그림들을 맞출 수 없다
지끈거리는 아침
통증이 꿈을 지운다
나를 두고 가신 길
흐릿한 세상에 번지는 잔상들
모호한 얼굴이 아지랑이로 피어올라 나를 삼킨다
앞에 펼쳐진 길이 반으로 접힌다
여기 어디쯤이지 싶은데
나를 부르는 당신의 목소리를 잡을 수 없다
당신 밖을 걸어 나온다
텅 빈 거리와 폐허가 된 마을을 걷고 있다
그 골목 어딘가에서 나를 부르고 있는 목소리
나를 닮은 나의 목소리
나의 어린아이인 당신.

골목을 걷다

　산수유나무 긴 팔 내저으며 푸른 손짓하는 골목 고물상엔 본래 모습을 잃어버린 물건들이 쌓여 재생을 기다리고 담쟁이덩굴 초록 커튼으로 오래된 붉은 벽돌집을 삼킨다. 목마른 고양이 풀을 뜯어 먹으며 지나는 사람들의 눈치를 보고 거리 양쪽 주차된 트럭들은 짐을 등에 가득 지고 거친 숨을 내뿜으며 달려나갈 준비를 한다. 철물점은 녹슬어 가고 방앗간 모터는 멈춘 채 먼지 속에 잠들어 있다. 부동산 사무실엔 커피가 배달되고 사철탕 집으로 들어가는 사람들은 오늘도 원기 회복 중 저녁 손님 맞을 준비로 분주한 곱창집 편의점엔 도시락을 데우는 사람들과 지폐 한 장으로 커피를 뽑는 사람들이 무표정으로 문을 여닫는다. 고양이는 여전히 목이 마르고 과거와 현재 낡은 것과 새것 바람과 먼지 빛과 어둠이 교차 되는 저물녘 햇살은 빌딩 너머로 무심히 옷자락을 끌며 넘어가고 하나둘 집집이 불을 켜는 시간 고양이 보다 더 목이 마른 나는 집이 그립다.

밤, 향연饗宴

초록이 흰 피를 콸콸 쏟아낸다 투명이 투명을 마시고 내
장을 훤히 드러낸다 알루미늄 캔에서 비누 거품이 몽글몽
글 구름이 톡톡 터진다

파도가 부서진다 단단한 껍질을 톡 까고 쏟아지는 타조알
아스팔트 위에서 지글지글 익는다
포크가 노른자를 터트린다

구름은 멀리 가지 않고 기다린다 주변을 맴도는 불빛이
흔들린다 낮은 포복으로 흐르는 음악 등 뒤에서 총을 겨눈
다

세이렌이 사방을 날아다닌다 멈출 수 없는 시간 파랑주의
보 하지 말라고- 등 두드린다 기립이 주저앉아 꽥꽥 세상
을 토해내고 검은 침대에 누운 자유가 질서를 포박한다

미친-
누군가 옷을 벗어 차곡차곡 개어 두고
신발을 가지런히 올려 두었다

긴급출동 충동이 물에 빠져 허우적거린다 근육질의 장대
에 목이 걸려 나온다.

옥수수밭

날 세워 바람 맞는
달빛 푸른 밤
무당벌레 날개 펴고 춤춘다

푸른 옷자락 휘날리고
오방색 수염 너울너울
옥수숫대 흔들린다

풀무치 여린 두 손 모으고
청개구리 젖은 몸 굽혀 절하고
꽃무지 꽃잎에 기원하는 밤

붉은 수염 흩날리는
룰루랄라
마당 가득 별빛이 내린다

끌어들였다 펼치는 소맷자락에
여름밤 매미 소리 귀청 울리며
한마당 굿판이다

연두 고깔 속 알갱이들 탐스럽다.

바람이 부는 이유

뒤에서 걸어오는
젖은 남자가 말없이 다가와
나란히 걷는다

시간의 어깨 너머로
밤안개가
사막의 능선처럼 짙게 드리워지고
산의 가슴과 겨드랑이 사이로
흐르는 아득한 그리움
깊은 산 그리메에 젖고
어둠의 바다에 젖는다

말없이 나란히 걷던
젖은 남자가
내 어깨를 스치고 간다.

* 그리메 : 그림자의 옛말

길 위의 남자

먼 곳으로부터
바람이 불어온다
눈앞이 보이지 않는 붉은 황사

초원을 꿈꾸던 나그네는
길을 잃기 위해
사막으로 간다

나그네 나그네 또 나그네

흰 뼈가 바람에 날린다
모래언덕이 햇빛을 받아 반짝인다

바람 분다
홀로 걷고 있다고 믿었던
그 사막엔 바람이 앞서가고 있었다

그를
하리 할라의 영혼이라
부른다.

* 하리 할라 : 헤르만 헤세(Hermann Hesse)의 소설 「황야의 늑대」(Der Steppen-
wolf)에서.

어둠을 보다

출근길 느닷없는
죽음을 본다

집도 절도 두지 않고
떠도는 들고양이

풀숲 어디든 머무는 곳이
잠자리였을 새 한 마리

일방통행 아스팔트 위에
누워 있다

뼈마저 얼어버릴 것 같은 겨울
바람에 실려 간 저 캄캄함

죽음은 늘 저렇게
느닷없이 오는 것인데

허공에 피어난 안개 속으로
길이 휘어지고 있다.

어떤 죽음

흙집 처마 속에서
새끼 키우던 곤줄박이

어제까지 벌레 입에 물고
드나들던 어미 보이지 않는다

휑하게 구멍 뚫린 처마 아래
마른 풀로 지은 집 떨어져 뒹굴고
깃털만 수북이 쌓여 있다

널브러진 세 마리 핏덩이

밤마다 지붕 속을
내달리던 서생원 이빨 가는 소리 들리더니
곤줄박이* 일가족을 몰살시켰나

심증은 가는데 물증이 없다

액땜했다고 생각하라는 지인의 말에
어느 죽음이 액막이가 될 수 있느냐고 항변하다가
못내 밥상 앞에서 목이 막혀 온다.

바다

물결 잔잔한
푸른 바다 위를 걸으면
너에게 닿을 수 있을까

물속 깊이 찌를 드리우면
가없는
네 가슴의 깊이를 잴 수 있을까

내 마음으로 재어보는
너의 심해를 가늠할 수 없어
낚싯줄을 끝없이 풀어낸다

어느 만큼의 깊이일까

네가 꿈꾸는 세상과
내가 꿈꾸는 세상을 가로질러 달려가면
우리가 꿈꾸는
그곳을 관통할 수 있을까
푸른 파도가 될 수 있을까.

미용실에서

여인들이
등불 하나씩 머리에 이고
이야기꽃을 피운다

탱글탱글 말아 주세요
산 능선처럼 구불구불하게
물결처럼 찰랑거리게

황혼의 강을 건너기 위해
파도치는 머리카락들

여인들
붉은 작약으로 피어난다.

비를 읽다

구름 속에서 썼다
시냇물과 바람과 나무들의 향기
어린 풀들의 살랑거림
새들의 노랫소리를 기록한다
달빛과 오색별을 그려 넣는다

심혈을 기울여
혈관 속에서 익히고 묵힌다
크르릉크르릉 천둥 제본기가 돌아간다
번쩍 번개가 글자를 찍고 있다
바람이 말끔하게 제본한
물방울들

쏟아진다
투명한 활자들
배달된 책장으로 차곡차곡 내려앉는다

트럭에 눕혀진 책장에 꽂혀 가지런하다.

이별이 오는 기미에 관한 사유

미리 연락을 했어야 했다
모든 것이 쓰나미에 휩쓸려버렸다
열대어와 유리집
거품 물고 찰랑이는 공기들

어디선가 전화가 걸려 왔다
편하게 여닫던 문이 공기를 꽉
문 채 뻑뻑한 소리를 낸다

녹슨 열쇠가 뚝 부러진다
허리까지 죄던 긴장이
심장에 박혀 빠져나오지 못한다

전화기를 놓는다
침묵 속에서 먼지가 피어오른다
공기는 금이 가고
뿌연 알갱이들이 흩어진다

벽장 속 꿈꾸던 시간들이 쏟아진다
색색의 포근한 침묵이 하나둘
깨진다

그가 갔다.

책상 위의 환상 정선영 시집 · 작가마을 시인선 55

세상을 이해하는 나만의 생각
— 시 분류법

김정수(시인)

세상을 이해하는 나만의 생각/시 분류법

김정수
(시인)

1. 나는/텍스트

조르주 페렉Georges Perec은 『생각하기/분류하기』(문학동네. 2015)에서 "내가 쓴 책 중에 비슷한 책은 하나도 없고, 먼저 쓴 책에서 구상했던 표현, 체계, 기법을 다른 책에 절대 다시 써보려고 하지 않았다"고 했다. 프랑스 파리 노동자계급 거주지에서 자란 그는 제2차 세계대전 때 부모를 잃고 고모에게 입양됐다. 독자적인 문학세계를 구축한 페렉은 20세기 프랑스 문학의 실험정신을 대표하는 작가로 손꼽힌다. 공간에도 관심이 많았던 그는 두려움을 촉발하는 거대한 공간이 아닌 도시와 시골, 지하통로나 공원과 같은 생활 공간에 관심을 기울여 관찰했다. 그는 이런 실재하는 공간을 떠올리기보다 그 자리에 있다는 존재의 인지를 중요시하고 작품에 투영했다. 단지 상상하고 기억하는 것에 그치지 않고 증식과 분할을 거듭하는 공간의 변모를 모색하고, 재해석해 이를 독창적인 글쓰기에 접목한다. 정선영의 여섯 번째 시집 『책상 위의 환상』은 "채우고 비우기의 끊임없는 반복"('서문')을 통해 관습적인 인식의 탈피와 새로운 시적 표현 기법을 모색한다는 점, 이를 새로운 시적 세계를 창조하려는 노력에 반영한다는 점에서 페렉을 떠올리게 한다. 실제로 시인은 '내가 나임을 내가 알기 위한 텍스트'라는 부제가 붙은 「나는」에서 페렉의 '이상 도시를 상상하는 데 있어 존재하는 난관에 대하여'에서 모티브를 얻었음을 숨기지 않는다. 26행인 페렉의 이 글은 "문장들이 같은 패턴이지만 A부터 Z까지 알파벳 스물여섯 자를 이니셜로 한 서로 다른 장소를 넣어 만든 제약이 있다"(앞의 책). 즉 첫 행 "나는 아메리카Amerique에서 살고 싶지만 간혹 그럴 때도 있다"로 시작해 "나는 우리 모두가 잔지바르Zanizibar에서 살기를 바라지 않지만 간혹 그럴 때도 있다"로 마무리하고 있다(여기서 잔지바르는 1913년에 지어진 니스의 호텔로 우아하고 화려한 인테리어로 유명하며 6천여 점의 예술 작품이 호텔 곳곳에 걸려 있어 '갤러리 호텔'이라 불린다). 페렉의 글은 "나는 (장소)에서 살고 싶(지 않)지만 간혹 그럴(아닐) 때도 있다"는 문장을 공통으로 취하고 있다. 다만 7행 북극에서 "너무 오랫동안은 아니다", 12행 달에서 "좀 늦었다", 24행 도원경에서 "늘 거기서 살고 싶지는 않다"와 같이 특정 장소에 따라 약간 변형된 형태를 만들어내는 특징을 보인다. 페렉의 글처럼 서로 다른 장소를 넣는 제약은 없지만, 「나는」은 정선영 시의 지향점과 시적 성취를 위한 통증과 고민, 갈등이 함축되어 있다는 점에서 주목된다. 먼저 「나는」 속으로 들어가 보자.

나는 가끔 마음이 흔들릴 때가 있다
나는 먼 곳을 꿈꾸지만 늘 그렇지는 않다
나는 바람 불면 어딘가로 떠나고 싶을 때가 있다
나는 여행을 좋아하지만 귀찮은 생각도 든다

나는 사람을 좋아하지만 사람이 두려울 때도 있다
나는 타인과 잘 지내고 싶지만 혼자이고 싶을 때가 많다
나는 다시 태어나고 싶지 않지만 다른 생으로 태어나고
싶을 때도 있다

나는 영원히 깨지 않을 잠을 자고 싶을 때가 있다
나는 피곤한 것을 견디지 못하지만 가끔은 잘 견딘다
나는 먹는 것을 좋아하지만 배부른 것은 싫다
나는 무엇이든 잘하고 싶지만 그러지 못한 나도 괜찮다
나는 일을 하고 싶지만 빈둥거리고 싶을 때도 있다
나는 생각 속에서는 모든 것을 귀찮아하지만 실전에서
는 부지런하다
나는 이성적이었으면 하지만 어설픈 지금이 좋을 때도
있다

나는 책을 읽지만 다 이해하는 것은 아니다
나는 책 읽는 것을 좋아하지만 싫을 때도 있다
나는 많이 알고 싶지만 아무것도 모르고 싶을 때도 있다

나는 죽고 싶지만 죽는 것이 두려울 때도 있다

나는 부끄러움이 많은데 나를 드러내기도 한다

나는 좋은 추억이 많지만 그렇지 않은 것도 많다

나는 여자이면서 남자이고 소녀이면서 소년이기도 하다

나는 아직 나를 잘 모르는데 가끔 알 것 같기도 하다

– 「나는 – 내가 나임을 내가 알기 위한 텍스트」 전문

주르주 페렉의 '이상 도시를 상상하는 데 있어 존재하는 난관에 대하여'에서 모티브를 얻긴 했지만, 주어 '나는'과 전체적인 형식만 일부 차용했을 뿐 내용적인 면에선 많은 차이를 보여준다. 페렉이 장소성에 몰입했다면, 부제에서 밝힌 것처럼 시인은 '내가 나임'을 알기 위한 일종의 텍스트에 집중한다. 페렉의 글이 연 없이 26행인 반면 「나는」은 5연 22행으로 구성되어 있다. 1연은 꿈과 여행, 2연은 관계와 삶, 3연은 생활과 생각, 4연은 책/독서와 지식, 5연은 죽음과 정체성을 다루고 있다. 시집 전체를 조망할 수 있는 자화상 같은 시라 할 수 있다. 시적 화자 '나'는 내 존재성 확인을 위한 텍스트 진행에서 "나는 가끔 마음이 흔들릴 때가 있"으며, "아직 나를 잘 모르는데 가끔 알 것도 같다"는 다소 모호한 결론에 도달한다. 텍스트text, 특히 문학적 텍스트는 특정한 의도를 가지고 소통할 목적으로 생산하지만, 정작 하고 싶은 의도나 감정을 직접적으로 드러내지 않는 특징을 보인다. 영화나 연극에서 대사나 행동, 표정으로 표면에 잘 드러나지 않은 숨은 맥락을 파악하고 상상하는 것처럼 시詩도 시어나 행간, 운율 등의 서브텍스트subtext를 활용해 본래 의미와 시적 진실을 감추거

나 상상의 진폭을 끌어올린다. 가령 "나는 가끔 마음이 흔들릴 때가 있다"는 문장을 '가끔'과 '마음이 흔들리다'로 구분에 생각해보자. '가끔'은 시간이나 공간의 간격이 조금씩 뜬 것을 의미하지만, "가끔 본다"라고 말할 때, 만나는 대상에 대한 친밀도나 감정의 농도를 표면적으로는 짐작할 수 없다. 발화자發話者의 표정이나 말의 뉘앙스, 몸짓 등이 더 진실에 가까울 수 있음은 주지의 사실이다. '마음이 흔들리다'라는 문장은 "왜?"라는 질문을 던질 만큼 불분명하지만, 마음이 흔들리는 대상이나 이유가 명확하면 서브텍스트 없이도 어느 정도 발화자의 의중을 파악할 수 있다. 또한 1행 전체를 뒤집어 말하면, "나는 마음이 흔들리지 않을 때가 많다"가 되므로 마음의 양가성ambivalence을 드러낸 것이 된다. 사물이나 대상을 대하는 이의 마음은 사랑이나 증오 같은 모순적인 감정을 가질 수 있다. 그 대상이 사람일 때 "좋아하지만", 때로는 "사람이 두려울" 수도 있다. 내가 사는 공간이 좋으면서도 "먼 곳을 꿈꾸"고, 낯선 곳으로 떠나는 "여행을 좋아하지만 귀찮"을 때도 있고, "일을 하고 싶지만 빈둥거리"며 지내고 싶을 때도 있고, 평소에는 이성적인 판단을 하지만 감정에 휩싸여 "어설픈" 판단을 할 때도 있고, 남 앞에 나서기 부끄럽지만 주목받고 싶을 때도 있고, "여자이면서 남자"가 되고 싶기도 하고, 어린 시절로 돌아가고 싶을 때도 있다. 여러 텍스트에서도 확인할 수 있듯이, 삶은 단순하지 않고 죽음 또한 겪어보지 못한 미지의 세계이므로 '내가 나임을 내가 알기 위한' 결론은 유보될 수밖에 없다.

2. 공간/빈방

공간은 시간과 더불어 세계를 관망하고 사물의 변화를 지배하는 힘을 비축하고 있다. 생활 권역 내이거나 이에 근접한 삶의 공간에선 사람들과의 관계와 환경의 변화, 사유가 발생한다. 시인은 나만의 공간을 희구希求하지만, 절대적으로 원하거나 집착하지는 않는다. 시인에게 공간은 "어디에도 갈 곳이 없을 때"(『그럴 때』)나 "빈방 하나 들여놓고 싶"은 경우에 필요할 뿐이다. "장을 보고 오는 골목"(『내년 시인』)이나 "재래시장 안 분식집"(『행복한 하루』), "다닥다닥 붙은 집들 사이 낮은 집"(『그늘의 집』), "골목 모퉁이에 돌아앉은 낯선 서점"(『그대, 처음 그리고』), "일방통행 아스팔트 위"(『어둠을 보다』), "흙집 처마 속"(『어떤 죽음』), "조명 꺼진 공연장"(『마에스트로』), "반지하 날염공장"(『연기가 고여 있다』)과 같은 공간은 시의 발화점 역할에 그치고, 시를 확장시키는 것은 공간이 아니라 관계와 사유라 할 수 있다. 특히 사람들과의 관계에서 "가까이 갈 수 없는/ 차가운 거리"(『별에 취하다』)를 느낀다. 그런 면에서 "오늘날에는 온갖 크기와 온갖 종류의 공간이 존재하고, 갖가지 용도와 갖가지 기능을 지닌 공간이 존재한다. 산다는 것, 그것은 최대한 부딪치지 않으려 애쓰면서 하나의 공간에서 다른 공간으로 이동하는 것이다"(『공간의 종류들』, 문학동네, 2009)라는 조르주 페렉의 말을 떠올리게 한다. 시인의 공간 속으로 들어가 보자.

빈방 하나 들여놓고 싶다

하나둘 잡다한 것들 버리고
푸른 새벽빛
연보랏빛 노을 들이고 싶다

작은 창으로 드는 빛은 밝지 않았으면 좋겠다
여명이 조금씩 드는 것을 바라보며
무릎담요 덮고 앉아
향기로운 커피를 마시고 싶다

저녁 이내 내리면
알록달록 노을이 검은 바다로 변해 가는 하늘
뜨거운 찻물 속 산국화
꽃잎 펴며 피워 올리는 향기

빈자리가 많을수록 평화로운 날
안팎 경계가 허물어지고
내가 나를
오롯이 만나는 빈방.

– 「빈방」 전문

여인들이
등불 하나씩 머리에 이고
이야기꽃을 피운다

탱글탱글 말아 주세요
산 능선처럼 구불구불하게
물결처럼 찰랑거리게

황혼의 강을 건너기 위해
파도치는 머리카락들

여인들
붉은 작약으로 피어난다.

– 「미용실에서」 전문

시인이 '빈방'을 원하는 이유는 "내가 나를/ 오롯이 만나
는" 시간이 필요하기 때문이다. 이는 "하나둘 잡다한 것
들"을 버리는 것에서 시작된다. 무엇을 비우고 채울 것이
냐를 정하는 건 쉽지 않다. 채우기 이전에 먼저 목록을 작
성하고, 그중 내게 가장 중요한 것부터 버리는 게 비움의
정석이다. 지금 당장 필요 없는 것도 버리기 어려운 데 가
장 중요한 것부터 버리는 건 현실적으로 불가능에 가깝다.
하지만 중요한 것을 우선 버려야 사소한 것을 가볍게 버릴
수 있다. 기억이나 생각의 채움과 비움도 이와 다르지 않
다. 풍선처럼 부풀어 "터질 듯 위태로운"(『길잡이』) 기억이나
"삶의 무게 앞"(『반성 2019』)에 멈추고 싶은 생각도 가장 급하
고 중요한 것부터 비워야 마음에 안정이 찾아온다. 떠들썩
한 세상 밖이나 누군가와 함께 있는 방은 시인의 사색을
방해한다. 빈방에 든 시인은 가장 먼저 "푸른 새벽빛"을 들

이고, "연보랏빛 노을"을 맞아들인다. 새벽과 노을 사이의 여백은 무엇에도 방해받지 않는 오롯이 나 혼자만의 시간이다. "안팎의 경계가 허물어지"는 순간은 어디에도, 누구에게도 구속되지 않은 '독립된 나'를 만나는 것이다. 목록 작성에 이은 '버림과 채움'은 생각만으로 이루어질 수 없다. 실행이 뒤따르지 않으면 공허하게 "그냥 사라지"(이하 「연극」)거나 "먼지로 흩어"지고 만다. "남는 것은 나의 환영幻影"뿐이다.

두 번째 인용시는 미용실이라는 공간의 풍경을 묘사하고 있다. 미용실은 머리카락을 자르거나 머리 모양을 바꾸거나 염색을 하러 간다. 얼굴과 머리를 간편하게, 아름답게 꾸며 외적으로 나를 돋보이게 하려는 미적 행위다. 외적 아름다움의 추구는 자기만족과 내적 아름다움으로 충일된다. 미용을 찾은 "여인들이/ 등불 하나씩 머리에 이고" 정겹게 "이야기꽃을 피"우고 있다. 머리 모양도 "탱글탱글 말"거나 "구불구불"하거나 "찰랑거리"는 등 삶의 무늬처럼 다채롭다. 시인의 눈에는 이 모든 것이 "황혼의 강을 건너기" 위한 행위로 비친다. 회갑回甲, 즉 육십갑자의 갑甲으로 되돌아온 시인은 이를 삶의 황혼으로 인식한다. 이는 나 자신을 위한 빈방에 대한 희구希求나 그 방에서 "노을이 검은 바다로 변해 가는 하늘"을 바라보는 것과 다르지 않다. 아름다운 노을도 순식간에 사라진다. 외적 아름다움 추구와 빈방에서 적막을 내 안에 들인 이후가 더 중요한 이유다.

3. 산책/여행

한 번 더 조르주 페렉의 『공간의 종류들』을 인용해 보자. 페렉은 "내가 살았거나 혹은 나의 특별한 기억들이 얽혀 있는 장소" 두 곳을 묘사하기로 계획한다. 그중 하나는 수첩과 펜을 들고 카페나 거리를 걸으며 "집들, 상점들, 내가 마주치는 사람들, 벽보들, 그리고 일반적인 방식으로 나의 시선을 끄는 모든 세부적인 것"이고, 다른 하나는 "기억의 장소를 묘사하려고 애써보고, 그와 관련해 떠오르는 모든 추억, 즉 그곳에서 전개되었던 사건들이나 간혹 그곳에서 만났던 사람들을 회상하려 애써보는 것"이다. 정선영의 여섯 번째 시집에 수록된 꽤 많은 시가 별과 꽃, 산책과 여행을 소재로 하고 있다. 시인은 페렉이 이야기한 현재의 공간과 과거의 사건이나 기억을 동시에 시적 대상으로 삼고 있다. 이는 실제 산책/여행이나 인생의 길에도 공히 적용된다. 가령 "아득한 숲에 들어 길을 잃"(「먼 산」)거나 "별이 흔들리는 밤"(「별에 취하다」)에 너무 오래 걷고, "바람이 불어/봄밤"(「산책」) 시골길을 걷고, "앞만 보고 걷다가 경계석에 부딪"(「어쩌다가」)치고, 말없이 다가온 "젖은 남자"(「바람 부는 이유」)와 나란히 걷는 등 시인의 산책은 과거와 현재의 사건과 기억을 연속적으로 소환한다.

산수유나무 긴 팔 내저으며 푸른 손짓하는 골목 고물상
엔 본래 모습을 잃어버린 물건들이 쌓여 재생을 기다리고
담쟁이덩굴 초록 커튼으로 오래된 붉은 벽돌집을 삼킨다.

목마른 고양이 풀을 뜯어 먹으며 지나는 사람들의 눈치를
보고 거리 양쪽 주차된 트럭들은 짐을 등에 가득 지고 거
친 숨을 내뿜으며 달려 나갈 준비를 한다. 철물점은 녹슬
어 가고 방앗간 모터는 멈춘 채 먼지 속에 잠들어 있다. 부
동산 사무실엔 커피가 배달되고 사철탕 집으로 들어가는
사람들은 오늘도 원기 회복 중 저녁 손님 맞을 준비로 분
주한 곱창집 편의점엔 도시락을 데우는 사람들과 지폐 한
장으로 거피를 뽑는 사람들이 무표정으로 문을 여닫는다.
고양이는 여전히 목이 마르고 과거와 현재 낡은 것과 새것
바람과 먼지 빛과 어둠이 교차되는 저물녘 햇살은 빌딩 너
머로 무심히 옷자락을 끌며 넘어가고 하나둘 집집이 불을
켜는 시간 고양이 보다 더 목이 마른 나는 집이 그립다.

－「골목을 걷다」 전문

　먼 곳으로부터
　바람이 불어온다
　눈앞이 보이지 않는 붉은 황사

　초원을 꿈꾸던 나그네는
　길을 잃기 위해
　사막으로 간다

　나그네 나그네 또 나그네

　흰 뼈가 바람에 날린다

모래언덕이 햇빛을 받아 반짝인다

바람 분다
홀로 걷고 있다고 믿었던
그 사막엔 바람이 앞서가고 있었다

그를
하리 할라의 영혼이라
부른다.

－「길 위의 남자」 부분

그대 어느 세상을 여행하는지 모를
미소를 지으며
돌아눕는다

－「마에스트로」 부분

첫 번째 인용시 「골목을 걷다」는 늦은 오후에 집을 나선 시인이 골목을 걸으며 본 풍경을 밀도 있게 묘사하고 있다. 골목으로 접어든 시인의 동선에 따라 마주친 공간과 사물들의 형상과 행태가 슬라이드 필름처럼 펼쳐진다. 골목에 들어선 시인의 눈에 가장 먼저 산수유나무가 눈에 들어온다. 바람이 불자 어서 오라고 손짓하는 듯하다. 고물상에 쌓여 재생을 기다리는 물건들이나 담쟁이덩굴로 뒤덮인 붉은 벽돌집은 정적인 풍경을 자아내지만, 사람들의 눈치를 보는 목마른 고양이나 짐을 가득 싣고 출발을 준비하는 트럭들, 커피를 배달시킨 부동산 사무실, 손님들이 들어가는 사철탕집, 손님 맞을 준비하는 곱창집은 영상의 화면에서 분주히 움직인다. 반면 편의점에서 도시락을 데우거나 커피를 뽑는 사람들의 무표정에선 삶의 고단함이 포착된다. 공간/사물에 좀체 관여하지 않는 시인은 "목마른 고양이"를 통해 삶의 갈증과 "닦고 닦아도 남루"(『생生은 비리다』)한 일상을 투영한다. 골목에 스민 저녁 햇살은 낮과 밤의 교차뿐 아니라 "낡은 것과 새것"을 더욱 선명하게 해줌으로써 "과거와 현재"를 더 극명하게 대비시키는 효과를 가져온다. "바람과 먼지"는 시청각적인 자극을 주는 무대효과 역할을 한다. 집은 불을 켬으로써 존재를 확인하고, 사람은 그 집으로 돌아가야 마음의 위안을 찾는다. "집안은 평온했고 모든 것이 정돈되어 있"(『그대, 처음 그리고』)기 때문이다.

'하리 할라'는 헤르만 헤세Hermann Hesse의 소설 『황야의 늑대』(현대문학, 2013)의 주인공이다. 소설에서 "나 스스로 나를 한 마리 황야의 늑대라고 일컬어 왔듯, 실제로 그런 존재인 셈이리라. 고향도 공기도 먹이도 찾지 못하는, 세상 속에서 길을 잃은 짐승인 셈이리라" 했듯이 그는 인간의 모습이지만 행색은 '황야의 늑대'와 다를 바 없다. '길 위의 남자'는 실재하는 사람이 아니라 "눈앞에 보이지 않는" 세상을 동경하는 소설 속의 나그네 같은 사람이다. 외형적으로 사람과 늑대, 내면적으로 야성과 이성이라는 양면성을 가진 하리 할라처럼 푸른 "초원을 꿈꾸"지만, 삭막한 "사막으로" 가는 모순된 행동을 보인다. 보통은 길을 찾지만, 나그네는 "길을 잃기 위해" 풀도, 나무도 없는 사막으로 간다. 하지만 "홀로 걷"는 게 아니라 바람과 함께 걷고 있다. 바람이 존재를 확인시키고, 존재론이라는 묵직함에 가 닿는다는 점에서 폴 발레리Paul Valery의 "바람이 분다/ 살아야겠다"(「해변의 묘지」)는 문장을 떠올리게 한다. 나그네가 스스로 걸어 들어간 사막의 "모래언덕이 햇빛을 받아 반짝"인다면 "조명이 꺼진 공연장"에서 "광염 소나타를 연주하는" 마에스트로는 스스로 빛난다. 눈은 감았지만, 귀는 열려 있는 그대는 김동인의 소설 「광화사」의 주인공이 연주하는 광염 소나타가 창조한 "세상을 여행"한다. 이처럼 시인은 나를 찾는 여정을 실제적인 산책과 작품 속의 여행 등을 통해 다양하게 시로 형상화하고 있다.

4. 책/독서

시인은 "다 이해하는 것은 아니"지만, "책 읽는 것을 좋아"한다고 했다. 책/독서는 산책/여행과 함께 이번 시집의 골격을 이루는데, 지적 새로움에 대한 탐구는 시의 새로움으로 표출된다. "우리는 완성된 것에 대한 환상과 파악할 수 없는 것을 마주했을 때 생기는 현기증 사이를 부단히 오간다"(「생각하기/분류하기」)는 페렉의 표현을 떠올리기에 충분하다. 오래 축적된 사유와 따스하고도 깊은 감각, 새로움에 대한 열정은 시를 한층 더 높은 지점으로 끌어올리고 있다. 특히 책/독서에 이르러 "생각하고 상상하고 머릿속에 들어찬 그것"('서문')을 비워내고 폭발시킨다. 시인은 "편해서 안주하는 것"(이하 「사소한 분노」)과 깨어나지 않는 "자신의 정수리를 망치로 내리치지 않는 것"에 대해 분노한다. 이런 분노는 "불씨도 남아 있지 않은" 것 같은 자신에게로 향하고, 이는 다시 시에 대한 욕망을 끌어올린다. 시인은 골목 모퉁이에서 마주친 서점에서 "목차도 없는 이상한 책"(이하 「그대, 처음 그리고」)을 집어 들기도 한다. "이해할 수 없는 문장들", "모호한 세상"이 펼쳐져도 "마지막 페이지까지 다 읽"기도 한다. "책상 위에 놓인" 책의 빛나는 문장이 쏙 들어온다.

　토끼가 굴러간다 노란 귀를 세우고 분홍빛 다리로 앞으로 간다 눈을 질끈 감은 문어가 보라색 물감을 터뜨린다 빨판에 기생하는 입자들이 성을 쌓는다 뱃속에 나무가 자란 곰은 몸이 무거워 바닥에 주저앉아 있다 청개구리 한 마리 팔짝 뛴다 배꼽으로 먹은 밥이 엉덩이에 쌓이고 있다

　　낮은 밤 밤은 낮
　　충혈된 불빛 가시나무가 벽을 타고 기어오르고
　　날 선 종이가 팔랑개비로 돌아가며 동공을 찌른다
　　더 깊숙이 찔러라 더 깊숙이

　　　　　　　　　　　－「책상 위의 환상」 부분

초록이 흰 피를 콸콸 쏟아낸다 투명이 투명을 마시고 내
장을 훤히 드러낸다 알루미늄 캔에서 비누 거품이 몽글몽
글 구름이 톡톡 터진다

파도가 부서진다 단단한 껍질을 톡 까고 쏟아지는 타조
알 아스팔트 위에서 지글지글 익는다
포크가 노른자를 터트린다

구름은 멀리 가지 않고 기다린다 주변을 맴도는 불빛이
흔들린다 낮은 포복으로 흐르는 음악 등 뒤에서 총을 겨눈
다

—「밤, 향연饗宴」 부분

표제시「책상 위의 환상」은 제목 그대로 책상 의자에서
의 환상을 자유연상법을 활용해 몽환적으로 그리고 있다.
어쩌면 산책에서 돌아온 시인이 시를 쓰려고 책상에 앉아
깜박 잠이 들었다가 꿈속에서 본 장면을 홀연 서술한 듯하
다. 하여 난데없이 "토끼가 굴러"가는 시작부터 낯선 이미
지를 만들어낸다. "앞으로" 전진하는 토끼의 귀는 노랗고,
다리는 분홍빛이다. 이 토끼는 자신의 "간을 빼 먹"는 엽
기적 행동을 한다. 토끼에 이어 등장하는 문어는 "눈을 질
끈 감"은 채 "보라색 물감"을 내뿜는다. "빨판에 기생하는
입자들"이 현실에서는 불가능한 "성을 쌓"고, 알 수 없는
무언가에게 "질겅질겅" 다리를 씹는다. 곰의 배 속에선 나
무가 자라고, 청개구리는 "팔짝팔짝" 노래한다.「책상 위

의 환상」이 낮과 밤이 구분되지 않는 환상의 세계에 천착
했다면 「밤, 향연饗宴」은 죽음(자살)의 긴박한 상황을 속도감
있게 묘사하고 있다. 향연은 바다의 식탁 위에 올려진 죽
음을 즐기는 밤의 만찬처럼 그로테스크grotesque한 시적 이
미지를 구현한다. 1연의 쏟아지는 흰 피와 "내장을 훤히
드러"내는 투명과 "톡톡 터"지는 구름의 상황은 자살 직전
의 갈등과 고민을, 2연의 부서진 파도와 "아스팔트 위에서
시글지글 익는" 타조알은 죽음의 순간을, 3연의 "멀리 가
지 않고 기다"리는 구름과 주변에서 흔들리는 불빛과 "흐
르는 음악"은 죽음 이후의 상황이다. 시인은 책상 위의 환
상과 죽음의 긴박성을 시적 진술이 아닌 묘사를 통해 몽환
적 기법으로 밤의 풍경을 그려내고 있다. 이런 기법은 그
동안 시인이 보여준 시작법에서 좀체 볼 수 없었다는 점에
서 눈길을 끈다.

방바닥에 엎드려 책을 읽고 있는데
글자 옆으로 끼어드는 실도 철사도 아닌
머리도 꼬리도 없는 것이 꿈틀거린다
돋보기안경으로 기어드는 검은 뱀, 뱀, 뱀

한 마리 두 마리
읽고 있던 글자들 쏟아진다 흩어진다
이리저리 굴러간다 숨어버린다
자음 모음이 깨지고 부서진다 다시 조립하기엔 늦었다
눈꺼풀에 매달린 뱀 우르르 새끼를 쏟아낸다

구석구석 몰려다니는 검은 뱀들

눈이 없으면 보이지 않았을
머리카락이 바닥을 기면서 꾸물거리고
모서리마다 모여 음모를 꿈꾼다
소파 밑 검은 동굴, 의자 바퀴에 깔린, 어깨에 붙어 나풀
거리는
허벅지를 감는, 목덜미를 쓰다듬는, 가슴으로 기어드는
날름거리는 것들, 집어내고, 털고

내 몸에서 흘러내린, 유효기간이 끝난
내가 뿌린 죄들이 은밀하게 잠복하고 있다
나풀나풀 날고 달리고 구르고 머리 쳐들고
생각을 멈추게 한다.

－「사소한 것이」 전문

　시인은 "방바닥에 엎드려 책을 읽고 있"다. 책 속의 글자
들은 "머리도 꼬리도 없는 것들"이었다가 이내 뱀처럼 꿈
틀거린다. "글자 옆으로 끼어"들더니, "돋보기안경으로 기
어"든다. 하나둘 쏟아지고 흩어지던 글자들은 "우르르 새
끼"를 쏟아낸다. 노안으로 깨지고 부서지더니, 졸음으로
"눈꺼풀에 매달"린다. 육체의 눈으로 보다(視)가 마음의 눈
으로 보는(見) 것으로 옮겨간다. 이런 마음의 변화를 일으
키게 하는 것은 '노안'이다. 가까운 물체는 흐려지고, 멀리
있는 물체는 잘 보이는 노안으로 인해 또렷하게 볼 수 있

던 것들이 더 불확실해진다. "눈이 없으면 보이지 않았을" 것들이 현시한다. 바꿔말하면 시인의 눈에 띈 머리카락이 음모陰毛를 꿈꾸는 것으로 전환된다. 단순히 보는 행위(視)는 "내가 뿌리 죄"를 들추어 나를 객관적으로 돌아보고 생각하게 하는 관념觀念의 세계로 확장된다. 사소하다고 했지만 "책 속 글자들 사이로 날아다니는 하루살이/ 신경이 곤두서서 날아가 버린 마음"(「사소한 것들의 물음」, 『슬픔이 고단하다』)이나 "내가 분노하는 것은/ 깨지 않는 자신의 정수리를 망치로 내려치지 않는 것"(「사소한 분노」)처럼 결코 사소하지 않음을 알 수 있다.

5. 슬픔/그리움/시

　"내가 뿌린 죄들"은 반성과 성찰로 이어진다. 세상은 거울과 같아 시인은 "늘 반성"(이하 「반성 2019」)하고, "태어난 것과 여태 살아온 것" 그리고 앞으로 살아갈 날들까지 참회한다. 또한 반성하는 자체와 "반성하고 잊어버린 것을 반성"하고, "반성하면서도 반성"한다. 그러면서 "슬픔은 슬픔으로 위로"(이하 「고단한 슬픔」)하고, "온몸에 힘이 빠지면/ 맨땅에 무릎"을 꿇고 기도한다. "영원에서 영원으로 이어지는 이 슬픔"(앞의 시집 '서문')에 대한 의문과 갈증은 결국 사랑으로 귀결된다. 서정시의 영원한 테마인 사랑은 "눈에 보이는"(「나의 시는 홀로그램이다」) 가시적인 것이 아닌지라 더 슬프고 깊은 그리움의 심연으로 빠져든다. 시의 원천이 사랑임을 감안한다면 "아무도/ 나를 찾지 않"거나 반대로 "내가/ 아무도 찾지 않을 때"(「그럴 때」) 시가 찾아온다. 그 시의 "실체는 단순"(「나의 시는 홀로그램이다」)한데, "잡을 수 없는 행복"처럼 "보이지 않아도/ 보이는 것"만 같은 물성을 지녔다.

    굵은 빗방울
    혹여 다칠라
    체로 걸러

    는개로
    나를 적시는
    당신.

― 「어머니」 전문

    눈부신 햇살 밥 지어
    산수유꽃, 살구꽃, 복숭아꽃 솔솔 뿌려
    밤하늘 한 자락 위에 편다

    달 몇 알 톡톡 터뜨려 지단 부치고
    달콤한 봄바람 두어 줄
    뭉게뭉게 흰 구름 한 움큼 나란히

    밤의 끝 살짝 들어 올려

돌돌 말아 꼭꼭 여민다

세상에서 가장 큰 김밥을 말아

지금

당신을 만나러 간다.

– 「김밥」 전문

　부재는 상실과 그리움을 동반한다. 더 이상 실체를 마주할 수 없는 상황에서의 간절함은 사물이나 자연현상을 통해 사랑을 투사한다. 짧은 시 「어머니」에서 안개와 이슬비 사이의 는개는 자식에 대한 어머니의 사랑이다. "굵은 빗방울"에 지상에서 살아가는 자식이 "혹여 다칠"까 봐 하늘(허공)에서 체를 들고 걸러주는 모정은 어떤 사랑보다 위대하다. 는개를 맞으며 어머니의 사랑을 묘사한 시인의 감각 또한 대단히 뛰어나다.

　「어머니」가 느른한 수묵담채의 풍경을 자아낸다면 「김밥」은 소풍이라도 가듯 생기발랄한 풍경화의 전경을 보여준다. 시인은 "당신을 만나러" 가기 위해 김밥을 싼다. 한데 통이 커도 보통 큰 것이 아니다. 밤하늘이 통째 김 한 장이다. "눈부신 햇살 밥"에 달걀, 채소, 고기 대신 "달 몇 알", "봄바람 두어 줄", "흰 구름 한 움큼" 넣고 그 위에 참깨 대신 향기로운 봄꽃을 "솔솔 뿌"린다. 천상에 있는 "당신을 만나러" 가려면 이 정도는 돼야 한다. "세상에서 가장 큰 김밥"은 사랑의 다른 명칭이다.

　앞에서 언급한 것처럼, 시인은 "나는 무엇이든 잘하고 싶지만 그러지 못한 나도 괜찮다"고 했다. "생을 등에 업고 있"(이하 「내년 시인」)어 "목숨 걸고 살아보지 못한 시인"이라고도 했다. 「시를 잃어버린 날」에서는 "여보, 당신 시인 맞지?" 묻는 말에 다섯 번 만에 겨우 "응" 대답하고는 "슬픔이 치밀어 올라/ 창밖 화단에 핀/ 달맞이꽃만" 바라본다. 시인의 슬픔은 시인 자신의 것이며, 좋은 시를 쓰고자 하는 욕망의 다른 표현이다. 주지하다시피, 좋은 시의 조건 중 하나는 시인이 직접 말하지 않고 사물이 대신 말하게 하는 것이다. 잔잔한 감동과 여운을 주는 시 「어머니」와 「김밥」이 이를 증명한다.

시인이여, 어두워져라

(…)

시인이여, 외로워져라

(…)

시인이여, 눈을 떠라

— 「시인이여」 부분

그리하여 시인이여, 상상력을 발휘하라. 반복된 시어 대신 "광활한/ 우주"의 언어로 새롭게 눈을 뜨고, "세상에 처음인 듯 뜨거운 울음을 우렁차게 토해내"라.